A	B	C	D	E	F
1						
2						
3						
4						
5						
6						
7						

YOUR TURN!

	A	B	C	D	E	F
1						
2						
3						
4						
5						
6						
7						

A B C D E F
1
2
3
4
5
6
7

YOUR TURN!

	A	B	C	D	E	F
1						
2						
3						
4						
5						
6						
7						

YOUR TURN!

	A	B	C	D	E	F
1						
2						
3						
4						
5						
6						
7						

A B C D E F
1
2
3
4
5
6
7

YOUR TURN!

	A	B	C	D	E	F
1						
2						
3						
4						
5						
6						
7						

A B C D E F
1
2
3
4
5
6
7

YOUR TURN!

	A	B	C	D	E	F
1						
2						
3						
4						
5						
6						
7						

A B C D E F
1
2
3
4
5
6
7

YOUR TURN!

	A	B	C	D	E	F
1						
2						
3						
4						
5						
6						
7						

YOUR TURN!

	A	B	C	D	E	F
1						
2						
3						
4						
5						
6						
7						

A   B   C   D   E   F
1
2
3
4
5
6
7

YOUR TURN!

	A	B	C	D	E	F
1						
2						
3						
4						
5						
6						
7						

YOUR TURN!

	A	B	C	D	E	F
1						
2						
3						
4						
5						
6						
7						

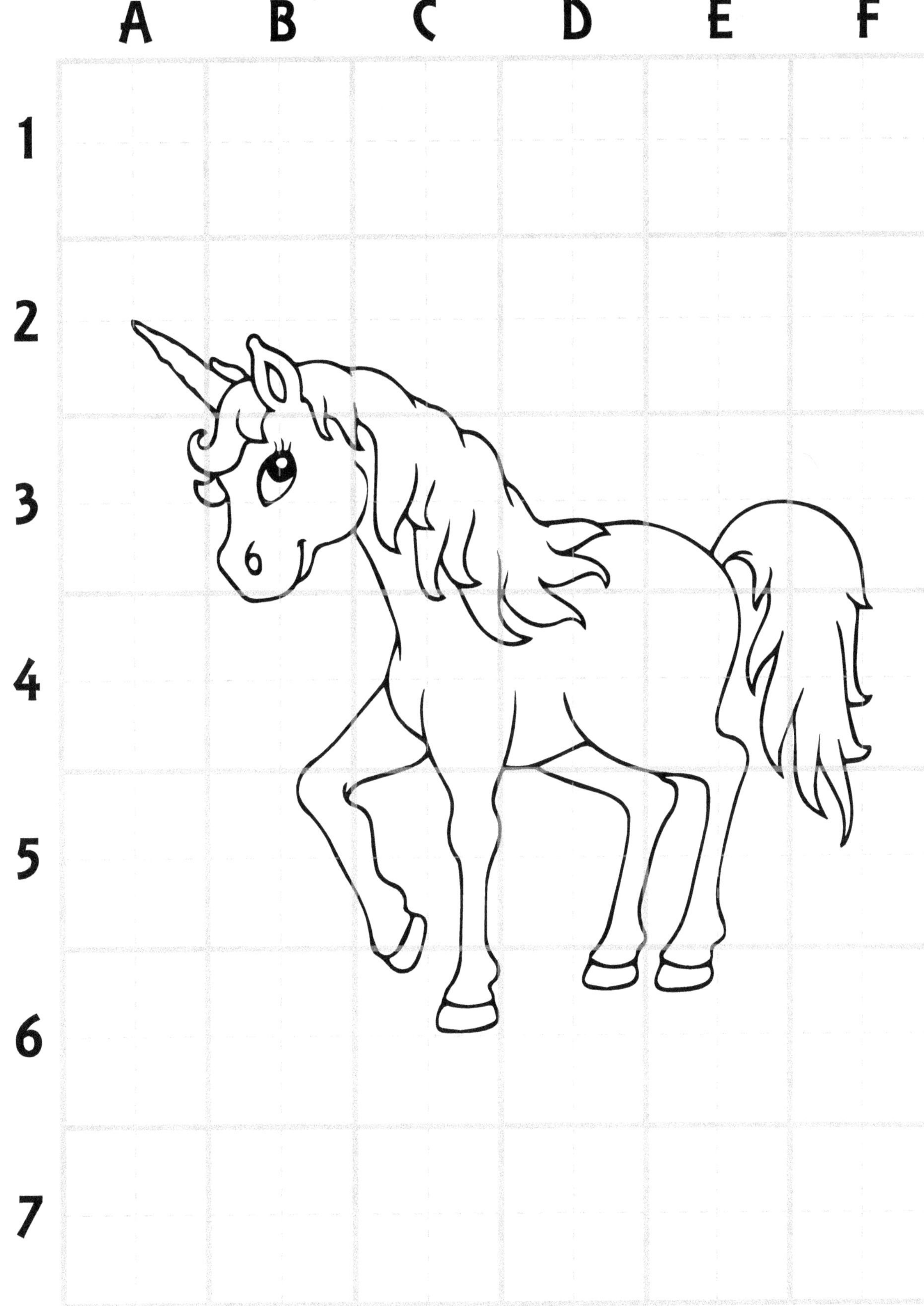

A B C D E F
1
2
3
4
5
6
7

YOUR TURN!

	A	B	C	D	E	F
1						
2						
3						
4						
5						
6						
7						

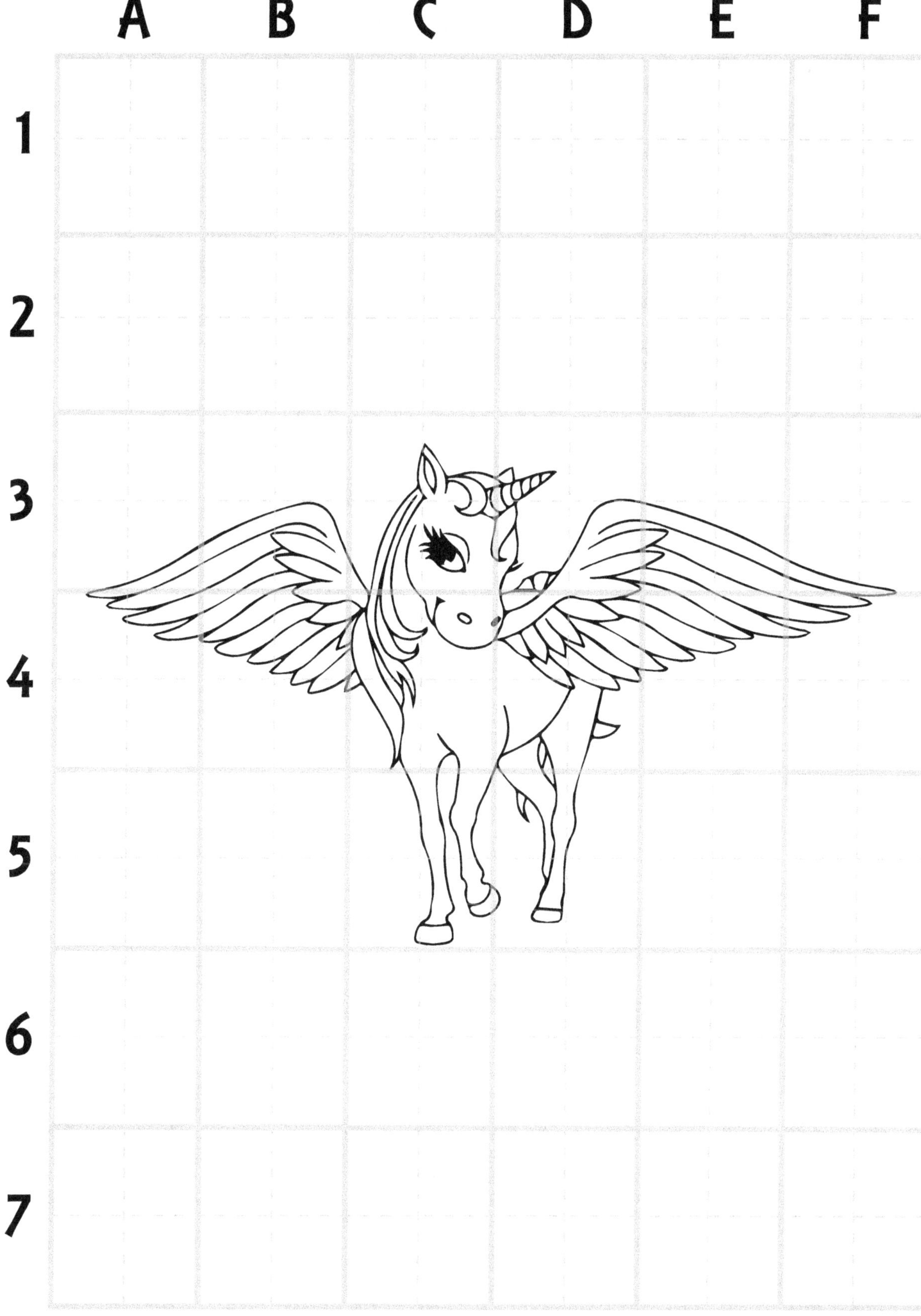

YOUR TURN!

	A	B	C	D	E	F
1						
2						
3						
4						
5						
6						
7						

A B C D E F
1
2
3
4
5
6
7

YOUR TURN!

	A	B	C	D	E	F
1						
2						
3						
4						
5						
6						
7						

A   B   C   D   E   F
1
2
3
4
5
6
7

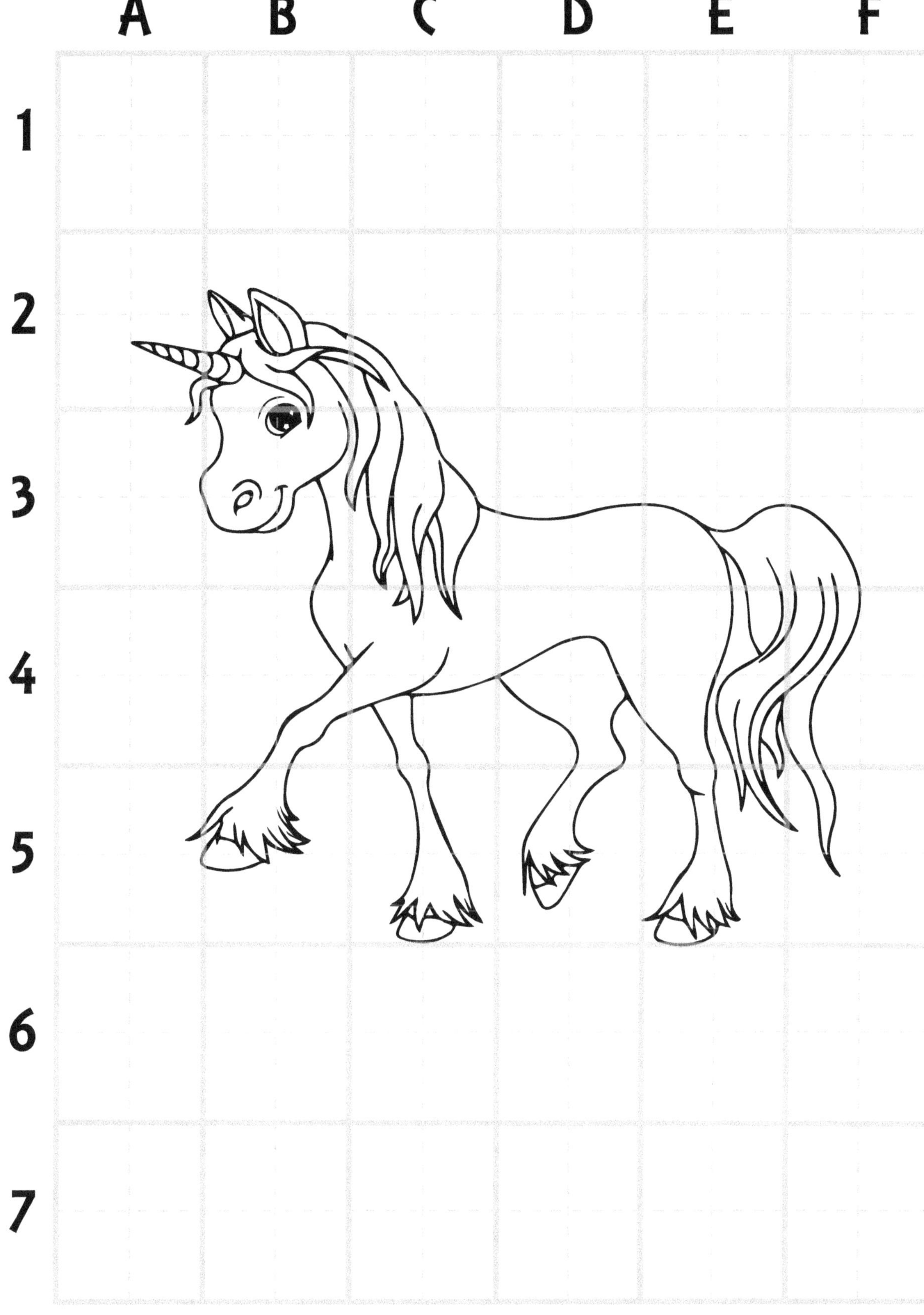

YOUR TURN!

	A	B	C	D	E	F
1						
2						
3						
4						
5						
6						
7						

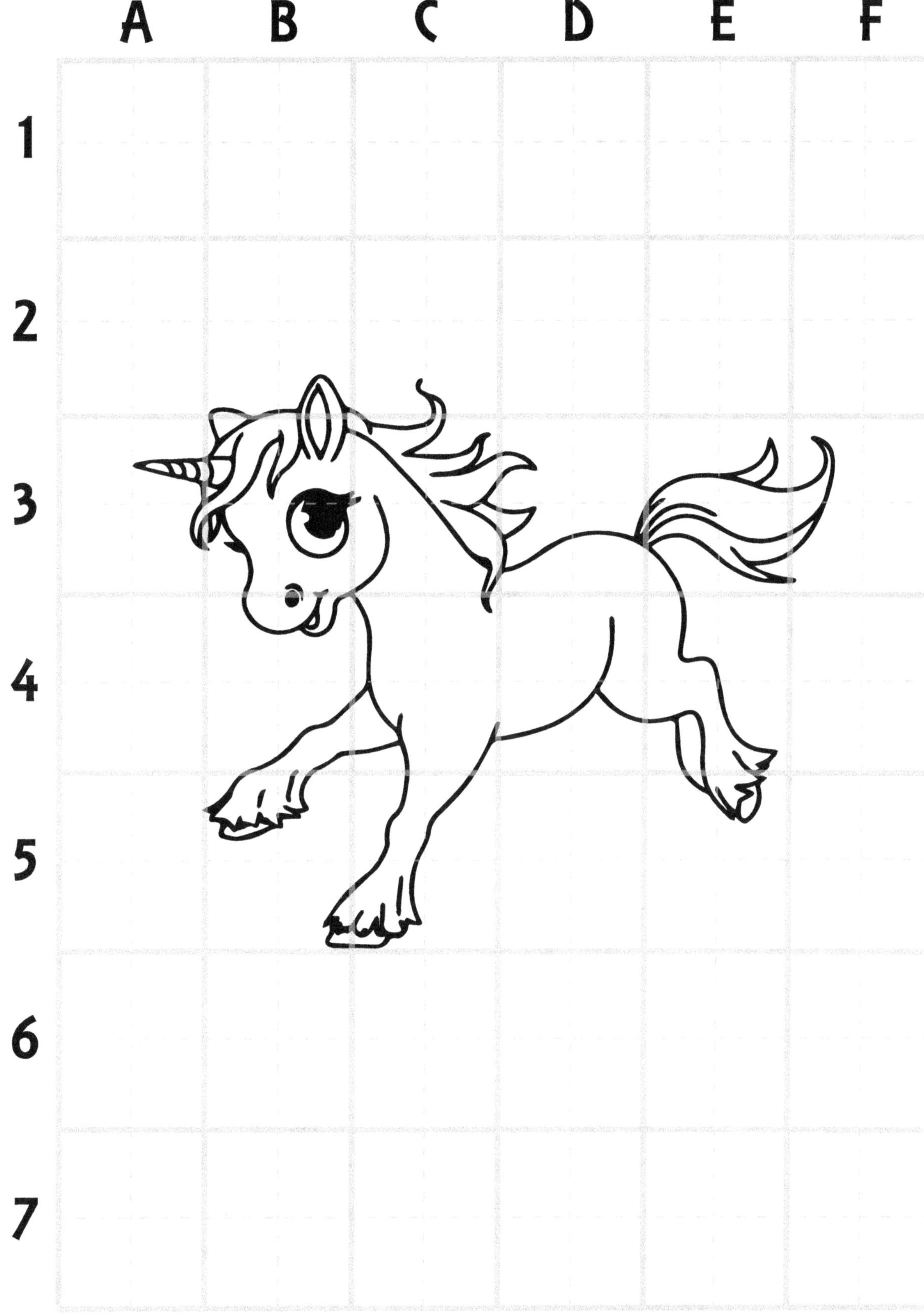

YOUR TURN!

	A	B	C	D	E	F
1						
2						
3						
4						
5						
6						
7						

A B C D E F
1
2
3
4
5
6
7

YOUR TURN!

	A	B	C	D	E	F
1						
2						
3						
4						
5						
6						
7						

YOUR TURN!

	A	B	C	D	E	F
1						
2						
3						
4						
5						
6						
7						

YOUR TURN!

	A	B	C	D	E	F
1						
2						
3						
4						
5						
6						
7						

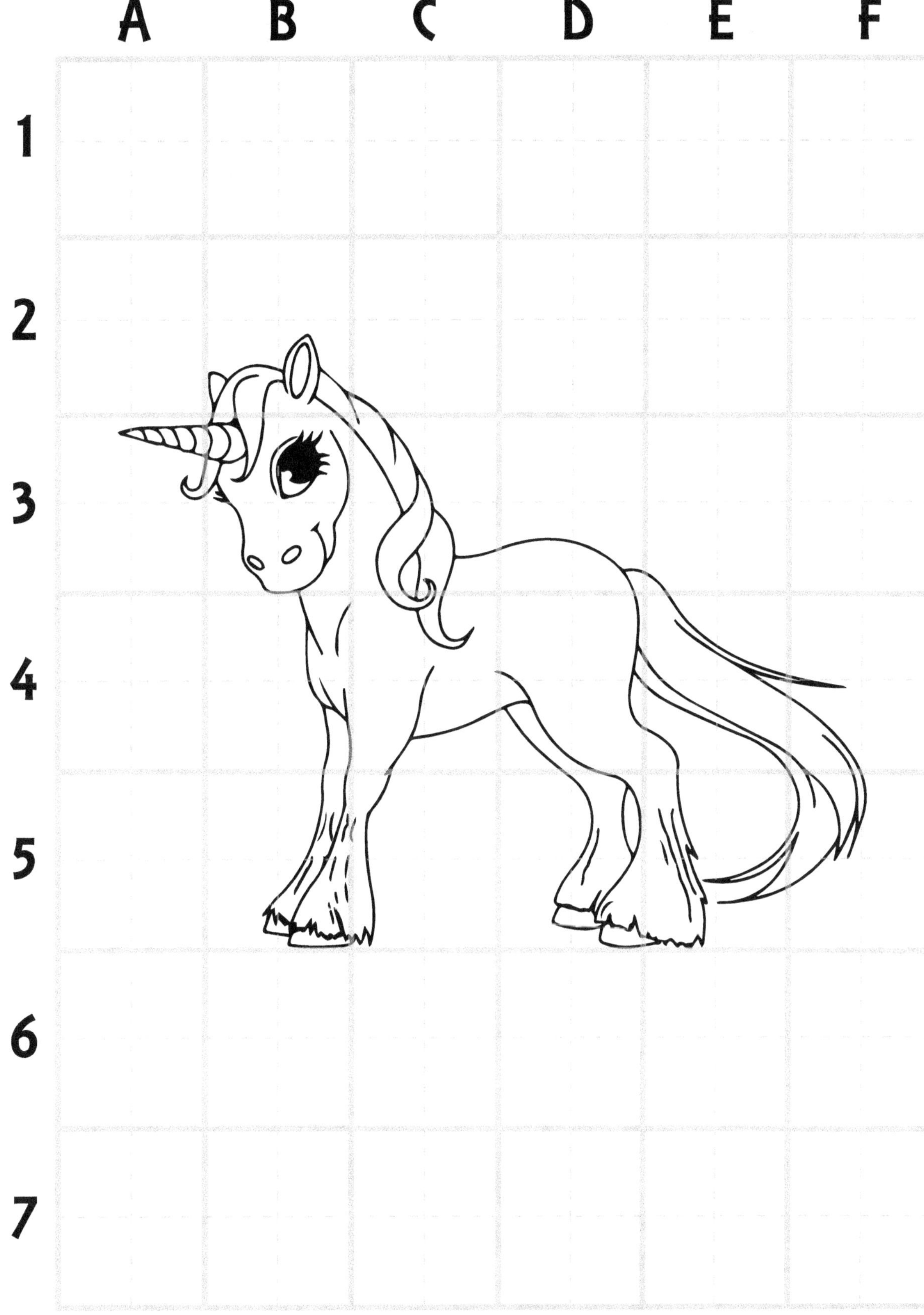

YOUR TURN!

	A	B	C	D	E	F
1						
2						
3						
4						
5						
6						
7						

A B C D E F
1
2
3
4
5
6
7

YOUR TURN!

	A	B	C	D	E	F
1						
2						
3						
4						
5						
6						
7						

	A	B	C	D	E	F

YOUR TURN!

	A	B	C	D	E	F
1						
2						
3						
4						
5						
6						
7						

YOUR TURN!

	A	B	C	D	E	F
1						
2						
3						
4						
5						
6						
7						

YOUR TURN!

	A	B	C	D	E	F
1						
2						
3						
4						
5						
6						
7						

A B C D E F

1

2

3

4

5

6

7

YOUR TURN!

	A	B	C	D	E	F
1						
2						
3						
4						
5						
6						
7						

A B C D E F
1 2 3 4 5 6 7

YOUR TURN!

	A	B	C	D	E	F
1						
2						
3						
4						
5						
6						
7						

A B C D E F
1
2
3
4
5
6
7

YOUR TURN!

	A	B	C	D	E	F
1						
2						
3						
4						
5						
6						
7						

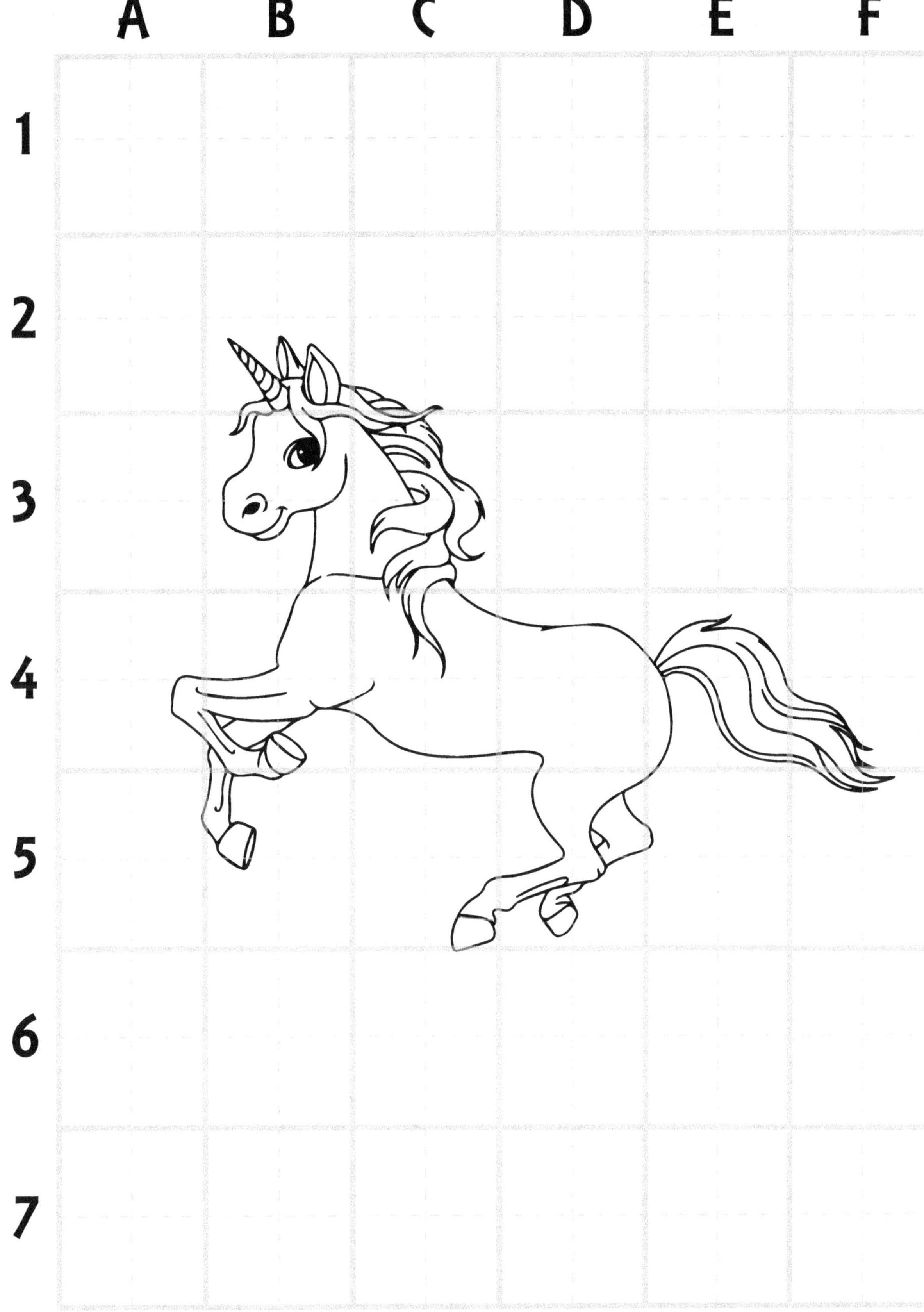

A B C D E F
1
2
3
4
5
6
7

YOUR TURN!

	A	B	C	D	E	F
1						
2						
3						
4						
5						
6						
7						

YOUR TURN!

	A	B	C	D	E	F
1						
2						
3						
4						
5						
6						
7						

A B C D E F
1
2
3
4
5
6
7

YOUR TURN!

	A	B	C	D	E	F
1						
2						
3						
4						
5						
6						
7						

A B C D E F
1
2
3
4
5
6
7

YOUR TURN!

	A	B	C	D	E	F
1						
2						
3						
4						
5						
6						
7						

A B C D E F
1
2
3
4
5
6
7

YOUR TURN!

	A	B	C	D	E	F
1						
2						
3						
4						
5						
6						
7